WARLORD

3

Scénario : KIM Sung Jae Dessin : KIM Byung Jin

Sommaire

CHAPITRE 13 : CONFUSION

RAAAH !
콰
TCHAC
악
퍽
BAM
CLANG
퍼
억
MALHEUR ! LE PREMIER PELOTON S'EST FAIT DÉCIMER...

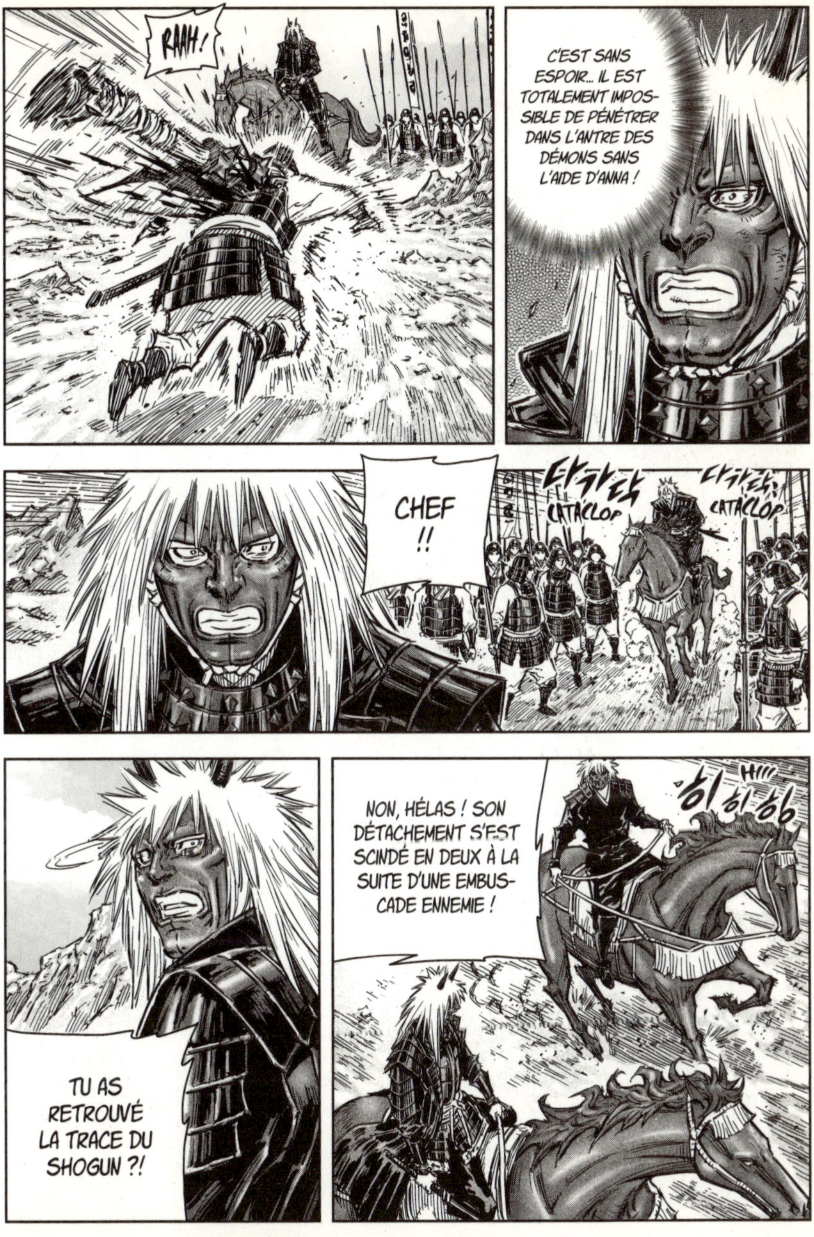
RAAH !
C'EST SANS ESPOIR... IL EST TOTALEMENT IMPOSSIBLE DE PÉNÉTRER DANS L'ANTRE DES DÉMONS SANS L'AIDE D'ANNA !
CHEF !!
CATACLOP
CATACLOP
TU AS RETROUVÉ LA TRACE DU SHOGUN ?!
NON, HÉLAS ! SON DÉTACHEMENT S'EST SCINDÉ EN DEUX À LA SUITE D'UNE EMBUSCADE ENNEMIE !
HI!!

POURQUOI ES-TU REVENU ?! REPARS IMMÉDIATEMENT À SA RECHERCHE !
AVEC TOUT MON RESPECT, IL Y A PLUS URGENT ! LES DÉMONS ENCERCLENT L'UNITÉ DE RAVITAILLEMENT !
QUOI ?! TU EN ES CERTAIN ?!!
NON... SI NOS VIVRES SONT DÉTRUITS...
C'EN SERA FINI DE L'ARMÉE DE LA DERNIÈRE CHANCE !!

IL FAUT À TOUT PRIX PROTÉGER LE CHARGEMENT !!
DÉPLACEZ LES CHA-RIOTS !
MAIS QU'EST-CE QUI SE PASSE, ICI ?!
TCHAC

TCHAC
TCHAC
BON SANG !
VSH
CES SATANÉS DÉMONS ARRIVENT DE PARTOUT !!
ARGH !
RAAH !
BAM
ON VA SE FAIRE MASSACRER AVANT MÊME D'AVOIR MIS UN PIED DANS LEUR ANTRE !!

VITE ! TOUS EN FORMATION DE DÉFENSE !!
C'EST NOTRE SEULE CHANCE DE SURVIE !!
TCHAC
LIQUANG !!!
FUIT

CLANG
GH...
GRIII
TU LE SAIS TRÈS BIEN, SALE FUMIER !!
QU'EST-CE QUI TE PREND ?!

ON A UN DUEL À TERMINER ! L'UN DE NOUS DOIT Y RESTER !
CLANG
PAUVRE IMBÉCILE... JE REGRETTE DÉJÀ DE T'AVOIR SAUVÉ !
COMMENT ÇA, SAUVÉ ?!
GROAR

BAM
CLANG
RAAH !
CLANG
QU'EST-CE QUE TU ME CHANTES ?! EXPLIQUE-TOI !!
VSH

BAM
TAP
ÇA ALORS... MES BLESSURES SONT PRESQUE GUÉRIES !
FUIT

화
악
VSH
쯔
아
FSH
BOUM
콰
앙
ENCORE TOI ?!

QUOI, TU N'ES PAS CONTENT DE ME VOIR ?!
JE N'ALLAIS QUAND MÊME PAS MOURIR SANS T'AVOIR FAIT LA PEAU !
CLANG
CLANG
JSH
JSH
CLANG
JSH
GRRR...
GRR...
HA HA HA !

콰
콰
BRAOUM
쾅
CRÈVE !
NON !
POF
타
앗
TAP

PSCHT
파
VSH
악
콰
TCHAC
아
BAM
QU'EST-CE QUI TE PREND, SIAN ?!
CE N'EST PAS UNE FAÇON DE TRAITER SON FUTUR MARI !!
TRÈS DRÔLE !
GLOUPS
움
찔

ATTENDEZ UNE SECONDE ...
LIQUANG AUSSI A PRÉTENDU M'AVOIR SAUVÉ...
CALME-TOI UN PEU ! SI ON A SOIGNÉ CE TYPE, C'EST POUR UNE BONNE RAISON !
À SUPPOSER QUE CE SOIT VRAI, J'AIMERAIS SAVOIR POURQUOI !

QUOI ?!!
TU N'AS QU'À POSER LA QUESTION À MOYONGSO !
QU'EST-CE QUE CE TRAÎTRE VIENT FAIRE LÀ-DEDANS ?
GROAR

C'EST PAS
VRAI !!!

LES LORDS
RAPPLIQUENT
!!

GH... C'EST LA FIN ! FUYEZ !!
AAAAH !
GROAR
MASSACREZ-LES !!
BAM
BAM
BAM
GROAR
RAAH
PAF
OUF, TOUT N'EST PAS PERDU !

NOUS ARRIVONS JUSTE À TEMPS !
AVANCEZ LES CHARIOTS ! DÉPÊCHONS !!
BRR
BRR
BRR
METTEZ-VOUS EN FORMATION DE DÉFENSE ! C'EST UN ORDRE !
AAAH !

TCHAC
PLAF
JE VOUS RAPPELLE QUE LES DÉMONS ONT INVESTI TOUT LE COL !
POUR LES FUYARDS, C'EST LA MORT AS-SURÉE !!
ALORS FAITES-MOI BOUGER CES CHARIOTS, SI VOUS TENEZ À LA VIE !!

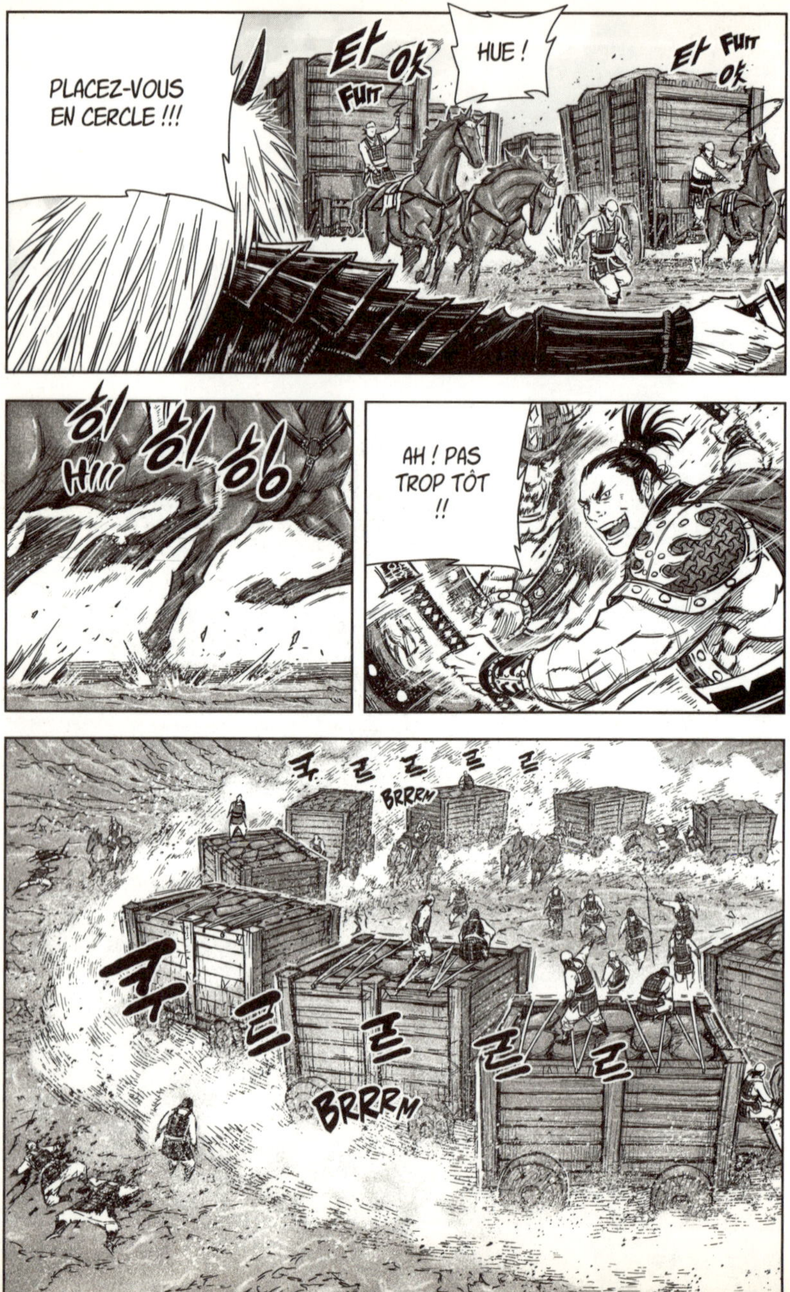
PLACEZ-VOUS EN CERCLE !!!
FUIT
HUE !
FUIT
HIII
히히힝
AH ! PAS TROP TÔT !!
BRRRM
BRRRM

QUE TOUT LE MONDE S'ABRITE DERRIÈRE LES CHARIOTS !!
PAF
PLUS VITE !
PAF

C'EST DU DÉLIRE... IL FAUT QUE JE TROUVE MOYONGSO POUR SAVOIR CE QUI S'EST RÉELLEMENT PASSÉ !
타
TAP
악

PLAF
콰
PLAF
탕
TOI, TU RESTES LÀ POUR RA-LENTIR LES DÉMONS !
ESPÈCE DE...
BAM
BAM
BAM
BAM
BAM

CHAPITRE 14 : CONTRE-ATTAQUE

PAR ICI...
TU ES SÛRE ?
ÇA VA, TU N'ES PAS TROP FATIGUÉE ?
FUIT 절레
FUIT 절레
BIEN... ALLONS-Y !

FSH
C'EST AHN
LE PHÉNIX
!!
CONDAMNÉ À
SIX REPRISES
POUR AVOIR COM-
PLOTÉ CONTRE
L'EMPIRE...
IL S'EN
EST SORTI
À CHAQUE
FOIS !

TEL LE PHÉNIX, IL RENAÎT TOUJOURS DE SES CENDRES ! SA PRÉSENCE N'AUGURE RIEN DE BON...
LA PARTIE DE CACHE-CACHE EST TERMINÉE ...
TON ATTITUDE EST INDIGNE D'UNE PRINCESSE ! ALLEZ, RANGE TON ARME !
ARRIÈRE !!

VSH
GH...
FUIT
FUIT
F-SH

BOUM
VIENS, ANNA !
NON ! LÂCHEZ-MOI !
BING E!
BING E!

ÇA SUFFIT !
철컥
TCHAC
PING
VIOUUU
콰앙
CRAC

JE ME SUIS ABSTENU DE RIPOSTER PAR ÉGARD POUR SHAMARKAL...
ALORS CESSE DE JOUER AVEC MES NERFS !
LIBÈRE LA PETITE !
CRIII
TSS... TU AVAIS POURTANT LAISSÉ TOMBER CE PAUVRE MARUHAN !

SI TU ES ICI, EST-CE PARCE QUE TU AS CHANGÉ D'AVIS ?
휘이이잉
FIUU

NON...
C'EST FAUX...
JE NE L'AI PAS ABANDONNÉ !!

TCHAC
BAM
GRR...
QUELLE PLAIE...
IL Y EN A UN SACRÉ PAQUET !!
ESPÈCE D'IDIOT ! SI LE MERCENAIRE MEURT, C'EST À MOYONGSO QU'IL VA FALLOIR RENDRE DES COMPTES !

HÉ HÉ ! TANT QU'ON NE LE TUE PAS NOUS-MÊMES, ON NE RISQUE RIEN...
ON DIRA QU'IL EST TOMBÉ SOUS LES COUPS DES LORDS !!
TAP
REFERMEZ LE CERCLE ! BLOQUEZ TOUTES LES ISSUES !!
BRRM
BRRM
NON ! ATTENDEZ !!
PAR PITIÉ, LAISSEZ-NOUS ENTRER !!
BRRM

AAAAH !
RAAH !
퍽
PAF
TCHAC
콰악
À L'ATTAQUE ! IL FAUT PERCER LEUR DÉFENSE !!
ARGH...
PAF
퍽
으악
GH...

À QUOI TU JOUES, PETIT ?! NE RESTE PAS PLANTÉ LÀ !!
FSH
TCHAC
CLANG
TCHAC

TAP
GROAR
FUIT
TCHAC
TAP
RAAH!
VSHHH

BAM
PLOF
GRR...
BOUM

BAM
BAM
BAM
GH...
TCHAC

PSCHT
HAN
GH...
GH...
DÉGAGE, LE MORVEUX ! TU ME GÊ-NES !
DE QUOI JE ME MÊLE ?!
FSH

쏴아아아
VIOUUU
탁
TAP
TCHAC
콰
TCHAC
콰
TCHAC
콱
콰
TCHAC
콱
FSH
콱
FSH
콱
FSH

DOOOM

쿠우우우우
FIUUU
드드드드
BRRRM
드드드드드드
BRRRM
TSS... LIQUANG ET SA BANDE NE PERDENT RIEN POUR ATTENDRE !!

CATACLOP

CATACLOP

CHAPITRE 15 : MENSONGE ET VÉRITÉ (1)

MASSACREZ-LES TOUS !!

OHOHOH
YAAAH !

와아아아
RAAH

ÉTAIT À DEUX DOIGTS DE LA MORT QUAND JE L'AI RETROUVÉ...
MARU-HAN...

MOYONGSO !!
NE LE LAISSEZ PAS S'APPROCHER DE MARUHAN !!

ATTENTION ! IL EST REDOUTABLE !!
FSHH

TSS... QUELLE INCONSCIENCE...
ON N'ATTAQUE PAS MOYONGSO SANS PRÉPARATION !
IL FAUT ÊTRE MONSTRUEUSEMENT PUISSANT POUR LE BATTRE !
C'EST UN DUR À CUIRE QUI S'EST DÉROBÉ À LA MORT MALGRÉ SA TRAHISON...

ALORS LA PRINCESSE DE KARTAN S'EST ENFUIE, EFFRAYÉE PAR CETTE DÉMONSTRATION DE FORCE !
SILENCE !
LES CHOSES NE SE SONT PAS DU TOUT DÉROULÉES AINSI !!

콰당
PLAF
GH... VOTRE AL-TESSE !

LA CAVALERIE DU SHOGUN APPROCHE !!
CATACLOP
CATACLOP

AUTREMENT DIT, TU AS PRÉFÉRÉ PARTIR POUR ÉVITER LA CONFRONTATION ?
JE N'AI PAS À ME JUSTIFIER DEVANT TOI !
TU AS COMMIS UNE GRAVE ERREUR !!
SI TU AVAIS EU LE COURAGE D'AFFRONTER LE SHOGUN, CE JOUR-LÀ ...
LES CONSÉQUENCES AURAIENT ÉTÉ BIEN MOINS TRAGIQUES !

C'EST VRAI...
C'EST JUSTEMENT POUR ÇA QUE JE SUIS À SA RECHERCHE !!
JE VEUX RÉPARER LE MAL QUE J'AI CAUSÉ !
TIENS DONC ! ALORS SI JE COMPRENDS BIEN, TU N'AS PAS QUITTÉ TES HOMMES POUR ALLER DÉLIVRER MARUHAN, EN FIN DE COMPTE...
AURAIS-TU L'INTENTION DE TE SERVIR D'ANNA POUR ASSASSINER LE SHOGUN ?

CE NE SONT PAS TES AFFAIRES !
TCHAC
CLANG

TU DÉPASSES LES BORNES ! JE T'AURAI PRÉ-VENUE...
FSH
ZZZ

RAAH!
BOUM

FIUUU
TCHAC
ARGH...
TCHAC
LES DÉMONS SE SONT FAIT LAMINER !

다각
TAP
다각
TAP
다각
TAP

MOYONGSO !!
HEIN...?

푸르륵
푸륵

HOURRA ! NOUS SOMMES SAUVÉS !!
VOILÀ SON EXCELLENCE !!
C'EST DONC LUI, LE SHOGUN ?!

CHAPITRE 16 : MENSONGE ET VÉRITÉ ②

CATACLOP
SIRE !
CATACLOP
VOUS N'ÊTES PAS BLESSÉ ?!
REGARDE, LES DÉMONS ONT MORDU À L'HAMEÇON, MALGRÉ UN APPÂT MÉDIOCRE...
UN APPÂT ?
IL A VOLONTAIREMENT MIS L'UNITÉ EN DANGER POUR PIÉGER L'ENNEMI ?!

QUELLE FOLIE ! MÊME UNE CAVALERIE D'ÉLITE AURAIT ÉTÉ INCAPABLE DE SURVIVRE ICI SANS RAVITAILLEMENT...
ÉCOUTEZ, SIRE...
IL N'Y A PLUS AUCUN OBSTACLE SUR NOTRE ROUTE ! NOUS TOUCHONS ENFIN AU BUT...
FUIT

MIEUX VAUT REMETTRE L'ASSAUT À PLUS TARD ! NOS HOMMES SONT TERRORISÉS ET À BOUT DE FORCES... SI ON LES OBLIGE À COMBATTRE MAINTENANT, ON RISQUE DE SE RETROUVER AVEC UNE RÉVOLTE SUR LES BRAS...
GH...
ARGH...
ASSEZ !!
TU AURAIS PRÉFÉRÉ QUE JE ME TRAÎNE AUX PIEDS DE SHAMARKAL POUR QU'IL ME CONFIE ANNA ?!

TAP
TOUT IRA BIEN... NOUS AVONS UN GUIDE CHEVRONNÉ, À PRÉSENT !
BIEN SÛR QUE NON...
QUOI ?!
TAP
TAP
CONTENT DE TE SAVOIR EN VIE !

TCHAC
FSH
SOMMES-NOUS SUR LA BONNE VOIE ?! PARLE !
HEIN ?
ÇA TE FERAIT MAL D'ÊTRE UN PEU PLUS CLAIR ?!

PUISQUE BAYREN EST MORT, C'EST TOI QUI NOUS CONDUIRAS À L'ANTRE DES DÉMONS !
TU ME VEUX COMME GUIDE ? À LA PLACE DE MON PÈRE ?

ABSOLUMENT ! JE NE T'AI PAS GARDÉ EN VIE POUR RIEN !
ATTENDS UN PEU... C'EST TOI QUI M'AS FAIT SOIGNER ET AMENER ICI ?!
POUR ÊTRE TOUT À FAIT EXACT ...
C'EST CETTE FEMME QUI T'A TIRÉ D'AFFAIRE.

ON RACONTE QUE SES TALENTS DE GUÉRISSEUSE RELÈVENT DU DIVIN !
JE VOIS ...
ELLE A PROBABLEMENT AUSSI SAUVÉ LIQUANG ET CHEONBO !
HÉ HÉ... NOTRE SIAN EST UNE VÉRITABLE FÉE !
BOUCLE-LA UN PEU !

ET MOYONGSO, ALORS ? QUEL A ÉTÉ SON RÔLE ?
GH...
HAN
GH...
HAN
HAN

C'EST LUI QUI A DÛ DEMANDER AU SHOGUN DE M'ÉPARGNER !!
MAIS BIEN SÛR...
FUIT

TU N'AS TOUJOURS PAS RÉPONDU À MA QUESTION !
EST-CE BIEN LA DIRECTION DU MONDE DES TÉNÈBRES ?
COMMENT TU VEUX QUE JE LE SACHE ?!
INSOLENT ! À QUI CROIS-TU T'ADRES-SER ?!
TCHAC
FSH

DÉGAGE !
TAP
ARRÊTEZ-LE !!

TAP
À NOUS DEUX, SALE TRAÎTRE !!

PAUVRE FOU...
우웅웅
FSHH
TON IMPERTINENCE TE COÛTERA CHER !
우우우웅
DOOM

VSHHH
TCHAC
TCHAC
TCHAC
TCHAC

NE T'EN MÊLE PAS ! C'EST ENTRE LUI ET MOI !!
FSH
FUIT
OH

JAEBAWU
EST MORT.
BRR
QUOI ?
QU'EST-
CE QUE TU
DIS ?!

JE SUIS DÉSOLÉ.
POF
C'EST IMPOSSIBLE ! TU MENS !!
SHAMARKAL L'A TUÉ ALORS QU'IL TENTAIT DE PROTÉ-GER ANNA...
BOBOM

BRR
NON...
IL S'EST PASSÉ BEAUCOUP DE CHOSES PENDANT QUE TU ÉTAIS INCONSCIENT.
JE NE TE CROIS PAS...
TOUT D'ABORD ...

QUAND IL A APPRIS QUE LA PRINCESSE ARASOL AVAIT FRANCHI LA FRONTIÈRE, LE SHOGUN A CHERCHÉ À L'INTERCEPTER. MAIS IL EST TOMBÉ DANS UN PIÈGE...
CATACLOP
L'EMPEREUR AVAIT TOUT PLANIFIÉ... CE FOURBE A DÉCIMÉ NOS TROUPES EN METTANT LE CAMP À FEU ET À SANG !

PUIS IL A PROFITÉ DE LA CONFUSION POUR ENLEVER ANNA.
VROUF

BALIVERNES ! JE N'EN CROIS PAS UN MOT !!
À TA GUISE ! MAIS SACHE QU'EN CE MOMENT MÊME...

SHAMARKAL ET SON ARMÉE MARCHENT SUR L'ANTRE DES DÉMONS !
LE SHOGUN A RASSEMBLÉ LES SURVIVANTS POUR SE LANCER À LEUR POURSUITE...

JE JURE QUE J'AURAI TA PEAU !
GH... SHA-MARKAL...
RAAAH !

CHAPITRE 17 : LE GUIDE

PÈRE !!
VOUS N'AURIEZ PAS DÛ VOUS DÉPLACER !
FSH

RENTRONS !
LAISSEZ-MOI RÉPARER MON ERREUR...

MAIS JE ME SENS TELLEMENT COUPABLE...
TUER LE SHOGUN MAINTENANT NE CHANGERA PAS LE PASSÉ.

AAAH !
PAR MA FAUTE, L'ARMÉE DE LA DERNIÈRE CHANCE N'EST PLUS...
ARGH...
SNIF...
SÈCHE TES LARMES ! PER-SONNE N'EST INFAILLIBLE...
TON SEUL TORT EST D'AVOIR SOUS-ESTIMÉ L'AMBITION DU SHOGUN...

À CAUSE DE MOI, VOUS ÊTES GRIÈVE-MENT BLESSÉ ...
ALLONS, TU SAIS BIEN QUE JE SUIS UNE VRAIE FORCE DE LA NATURE !
HA HA ! TU FANFARONNES ALORS QUE TU ES À L'ARTICLE DE LA MORT ?!
J'AI ENCORE ASSEZ DE RÉ-PONDANT POUR TE TENIR EN RESPECT !
ÇA, C'EST CE QU'ON VA VOIR !

FSHHH
LA PETITE MON-
TRE QUELQUE
CHOSE !!
FUIT

VIENS, SHAMARKAL... JE T'ATTENDS ...

PLIC
VSH
PLIC
PLIC

VSHHH
ON DIRAIT QUE TU COMMENCES À DOUTER...
PLOF
FUIT
FSH

TCHAC
TU RECONNAIS CETTE HACHE ? C'EST CELLE DE JAEBAWU !
VSHHHH
POF

SHHHH
POUSSEZ !!
LES ROUES SONT EMBOURBÉES !
HAN
HAN

쏴아아아아
VSHHH
MARCHÉ CONCLU !

VEILLE BIEN SUR NOTRE JEUNE CLIENTE, HEIN !
HA HA !
TU PEUX COMPTER SUR MOI ! ANNA ET NOS HONORAIRES SONT ENTRE DE BONNES MAINS !
IDIOT...

쏴아아아
VSHHH

끄윽
GH...
SNIF... 끅
SNIF... 끅

WAAAH...
GH... ESPÈCE D'IDIOT ! JE T'AVAIS DIT DE NE COMBATTRE QUE DES ADVERSAIRES À TA TAILLE !!
어어엉
SNIF...
엉엉엉
SNIF...

MARUHAN RISQUE DE NOUS FAUSSER COMPAGNIE... IL SERAIT PLUS PRUDENT DE LE GARDER ENFERMÉ !

INUTILE... IL NE CHERCHERA PAS À S'ÉVADER !
NOUS SOMMES EN PLEIN DÉSERT, UN HOMME SEUL N'A AUCUNE CHANCE DE SURVIVRE !
ENTRE NOUS, JE NE COMPRENDS PAS POURQUOI VOUS L'AVEZ PRIS COMME GUIDE...
LE ROI MERCENAIRE EST MORT PEU DE TEMPS APRÈS SON RETOUR À ARKANZEL... JE DOUTE QU'IL AIT EU L'OCCASION DE CONFIER QUOI QUE CE SOIT À SON FILS !

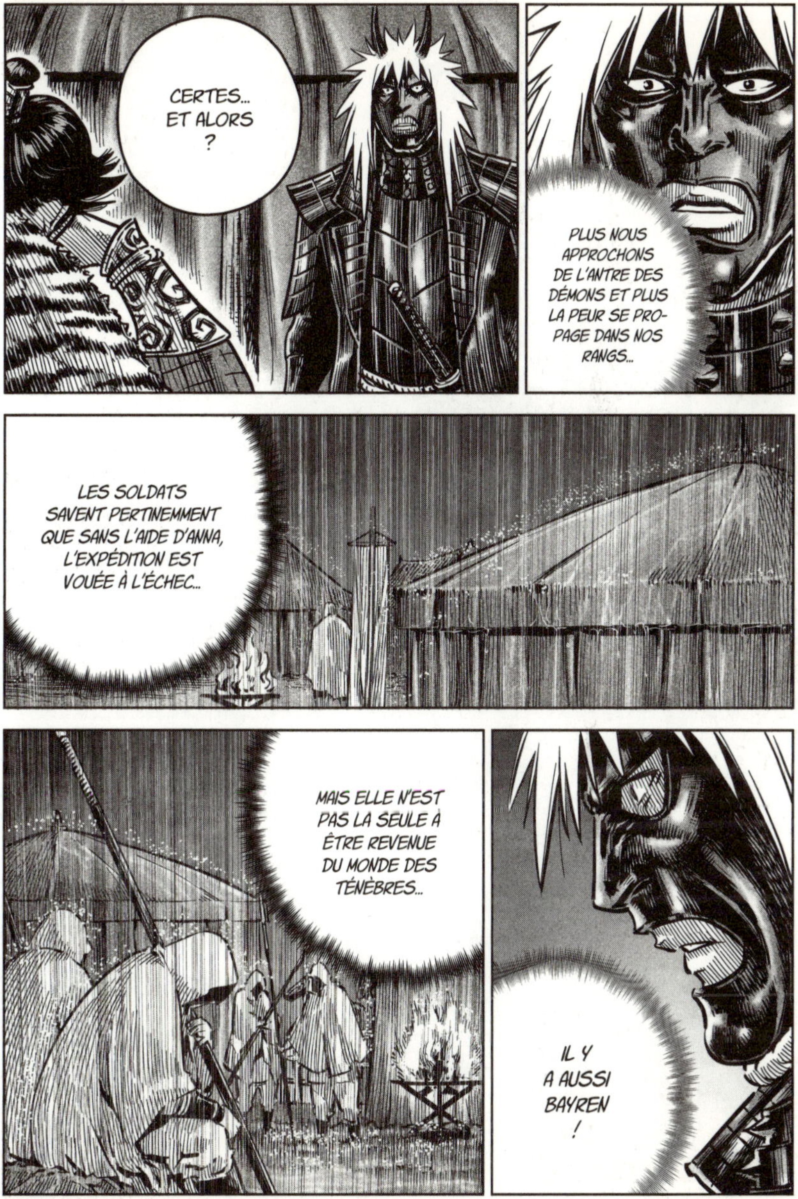
CERTES... ET ALORS ?
PLUS NOUS APPROCHONS DE L'ANTRE DES DÉMONS ET PLUS LA PEUR SE PRO-PAGE DANS NOS RANGS...
LES SOLDATS SAVENT PERTINEMMENT QUE SANS L'AIDE D'ANNA, L'EXPÉDITION EST VOUÉE À L'ÉCHEC...
MAIS ELLE N'EST PAS LA SEULE À ÊTRE REVENUE DU MONDE DES TÉNÈBRES...
IL Y A AUSSI BAYREN !

ET NOS HOMMES NE DEMANDENT QU'À CROIRE QU'IL A PARTAGÉ SES SECRETS AVEC MARUHAN AVANT DE MOURIR...
AUTREMENT DIT, LE SHOGUN SE SERT DE LUI POUR LES RASSURER !
TU SEMBLES BIEN PENSIF, RYUMA !
J'IMAGINE QUE TU AS COMPRIS...
LA PRÉSENCE DE MARUHAN EST CENSÉE REDONNER ESPOIR AUX TROUPES !
J'EN ÉTAIS SÛR...

ON SE FERA EXTERMINER JUSQU'AU DERNIER, SANS PERSONNE POUR NOUS GUIDER !
IL FAUT METTRE LA MAIN SUR ANNA À N'IMPORTE QUEL PRIX, SIRE...
CESSE DE TE TOURMENTER !
J'AI SAUVÉ MARUHAN POUR NOUS ASSURER LES SERVICES DU VÉRITABLE GUIDE...
VOUS CONNAISSEZ QUELQU'UN SUSCEPTIBLE DE NOUS MONTRER LE CHEMIN ?
HA HA HA !

IL Y A 20 ANS DE CELA...
쏴아아아아
VSHHH
UN GUERRIER LÉGENDAIRE EST REVENU VIVANT DE L'ANTRE DES DÉMONS !

챵
TCHAC

BAM
콰앙
FUIT

JE NE CROIRAI À LA MORT DE JAEBAWU QUE LORSQUE J'AURAI VU SON CADAVRE DE MES PROPRES YEUX !
MAIS AVANT DE PARTIR À SA RECHERCHE, J'AI UNE QUESTION À TE POSER !
POURQUOI NE M'AS-TU PAS LAISSÉ MOURIR ?!

CHAPITRE 18 : LE SECRET DE MOYONGSO.

TOUT LE MONDE EN RANG ! C'EST L'HEURE DE LA RELÈVE !!
COMPTEZ-VOUS !
UN !
DEUX !
TROIS !

19 !
QUOI ?! MAIS C'EST UNE TROUPE DE 20 HOMMES !
VOUS AVEZ RAISON...
KUN MANQUE À L'APPEL !!
QUI ?
C'EST LE PE-TIT EFFRONTÉ QUI SE CROIT TOUT PERMIS ...
IL NE TIENT PLUS EN PLACE DEPUIS QUE SES BLES-SURES SONT GUÉRIES !

CHA
CHA
OY
OY
FRSHH
OÙ IL EST PASSÉ ?
GRR... JE NE ME SUIS JAMAIS SENTI AUSSI HUMILIÉ !

OUPS !
ET MAINTENANT J'AI UNE DETTE ENVERS CE FOU FURIEUX...
MAIS NON !
JE NE LUI DOIS RIEN !
RESSAISIS-TOI, KUN !
TU AS UNE MISSION À ACCOMPLIR !!
PLOF
J'AI JURÉ DE DÉTRUIRE ARKANZEL POUR VENGER MON PÈRE ! À MOI LA COURONNE DU ROI MERCENAIRE !!

훅
FUIT
TIENS DONC, RIEN QUE ÇA !
GLOUPS... LIQUANG ET SA CLIQUE !!
CE GAMIN NE MANQUE PAS DE COURAGE ...
COMME C'EST MIGNON !
ALORS COMME ÇA, TU VEUX PRENDRE MA PLACE ? IL FAUDRA D'ABORD ME PASSER SUR LE CORPS !

EUH... C'ÉTAIT JUSTE UNE FAÇON DE PARLER ! PAS LA PEINE DE S'ÉNERVER...
DESCENDS-LE !
AU SE-COURS !!
PLOUF
FUIT
AAAH !
HA HA HA !
MAIS QUEL TROUILLARD !!
VA TÉTER LE LAIT DE TA MAMAN, MORVEUX !
PAF

T-AP
F-SH
AH, TE VOILÀ !
QUI T'A PERMIS DE T'ÉLOIGNER, HEIN ?!
PFF...
REPRENDS IMMÉDIATEMENT TA PLACE OU JE TE FAIS EXÉCUTER POUR DÉSERTION !

TU ES SOURD ?!
TU AS EU DE LA CHANCE, LIQUANG...
AMUSE-TOI BIEN, L'AVORTON !
C'EST BON ! J'ARRIVE !

BON, ALLONS-Y ...
OUI, ON A ASSEZ PERDU DE TEMPS !
TU ES CERTAINE QUE MARUHAN EST ALLÉ TROUVER MOYONGSO ?
TU ME TRAITES DE MENTEUSE ?!
JAMAIS DE LA VIE ! TOUT CE QUI SORT DE TA BOUCHE FAIT LOI...
OUILLE !
ÇA SUFFIT, CHEONBO ! TU LUI FERAS LA COUR PLUS TARD !

DEUX GUERRIERS D'ARKANZEL EN TRAIN DE S'ENTRETUER... JE NE VOUDRAIS RATER CE SPECTACLE POUR RIEN AU MONDE !
VSHHH
BOUM

TU VEUX SAVOIR POURQUOI JE NE T'AI PAS ACHEVÉ ?
FSH
JE NE TE LE DIRAI QUE SI TU PARVIENS À ME BATTRE...
TU M'AS ACCUSÉ DE TERNIR LA RÉPUTATION D'ARKANZEL...
HÉ HÉ...

MAIS SI QUELQU'UN DÉSHONORE NOTRE CITÉ, C'EST BIEN TOI !
ALORS GARDE TES LEÇONS DE MORALE !!
VSH

타 TAP
타 TAP
탓 TAP
POF
쾅
CLANG
ORDURE !!!

TRÈS JEUNE, MOYONGSO A PARTICIPÉ À LA BATAILLE DE MAREUN AUX CÔTÉS DE BAYREN...
오아
RAAH!
ARGH...
오아
RAAH!
오
콰아아아
VSH

IL S'EST DISTINGUÉ EN ABATTANT SAMBABA LE GÉANT, CONSIDÉRÉ COMME LE PLUS REDOUTABLE DES DÉMONS...
CETTE VICTOIRE HISTORIQUE A RENFORCÉ LE PRESTIGE D'ARKANZEL AUPRÈS DES AUTRES MERCENAIRES...
BRAVO !
HOURRA !
HOURRA !

C'EST EN GRANDE PARTIE GRÂCE À LUI QUE LE PÈRE DE MARUHAN A ÉTÉ COURONNÉ ROI...
POURQUOI MOYONGSO A-T-IL TRAHI SON MENTOR ALORS QU'ILS ÉTAIENT SI PROCHES ?
LUI SEUL LE SAIT !
TU N'AS QU'À LUI POSER LA QUESTION, SI TU EN AS LE CRAN...
MAINTENANT QUE J'Y PENSE, IL Y A UNE RUMEUR QUI COURT À SON SUJET...

LAQUELLE ?
ALLONS, SIAN ! NE ME DIS PAS QUE TU CROIS À CETTE HISTOIRE ?
DE QUOI VOUS PARLEZ ?!
IL Y A 20 ANS ...
BAYREN ET MOYONGSO SE SERAIENT INFILTRÉS ENSEMBLE CHEZ LES DÉMONS !

HAN
캉
BAM
BAM
캉
C'EST QUOI, CE BOUCAN ?
QU'EST-CE QUI SE PASSE ?

REGARDEZ LÀ-BAS !
LES MERCENAIRES D'ARKANZEL SONT EN TRAIN DE SE BATTRE !!
DÉGAINE TON ÉPÉE !!
MERCI, MAIS JE N'EN RESSENS PAS ENCORE LE BESOIN...
QUOI ?!!
BAM
BAM

타
CLANG
앙
GH... RAAH !
PAS MAL DU TOUT ! IL EST LE DIGNE FILS DE BAYREN...
ET CHANGE DE TON, TU VEUX ?
N'OUBLIE PAS QUE JE SUIS UN VIEIL AMI DE TON PÈRE !

ET PUIS QUOI ENCORE ?!
JE TE SIGNALE QUE TU LUI AS PLANTÉ TON SABRE DANS LE DOS !!!
콰
CLANG
앙
파
TAP
악
팍
FSH
콰
CLANG
앙

IMPRESSION-
NANT !
WAOUH... ON
S'EN PREND
PLEIN LES
YEUX !

VSH

QUELQU'UN D'AUTRE EST PARVENU À REVENIR DU MONDE DES TÉNÈBRES ?!
DANS CE CAS...
J'IMAGINE QUE CE GUERRIER N'EST AUTRE QUE MOYONGSO ?

CHAPITRE 19 : L'INCONNUE SOUS LA PLUIE

텅
BAM
텅
BAM
콰앙
BOUM
쉬이이이…
FSHH

비들
BRR
비들
BRR
GH...

EN EFFET, C'EST BIEN LUI... BIEN QUE J'IGNORE ENCORE POURQUOI !
ALORS LE SAUVETAGE DE MARUHAN ÉTAIT UNE RUSE POUR LE CONVAINCRE DE NOUS AIDER...
J'ADMIRE VOTRE CLAIRVOYANCE ! NOUS AVONS UNE CHANCE DE L'EMPORTER SI MOYONGSO EST DE LA PARTIE !!
RIEN N'EST MOINS SÛR...

COMMENT ?
SACHE QU'IL EST VENU DE LUI-MÊME ME PROPOSER SES SERVICES !
LA FEMME QUI LE SUIT COMME SON OMBRE NE ME DIT RIEN QUI VAILLE...
DE TOUTE ÉVIDENCE, MOYONGSO A UNE IDÉE DERRIÈRE LA TÊTE !
VOUS CROYEZ ?
C'EST TRÈS FRUSTRANT DE NE PAS POUVOIR LIRE DANS SON JEU ! PLUS ENNUYEUX ENCORE...

JE SUIS OBLIGÉ DE LE CARESSER DANS LE SENS DU POIL !
쏴 아 아 아
VSHH

TOUTES MES FÉLICITATIONS ! TU AS RÉUSSI À ME FAIRE DÉGAINER...
LA FERME !
FSHHH
SI TU PARVIENS À REPOUSSER CET ASSAUT ...
JE TE DIRAI POURQUOI JE T'AI SAUVÉ !
AH OUI ?!

FIU
VROUF

까
CLANG
앙
HAN
콰 아 아
BRAOUM

CRIII
GH...
TU NE M'AURAS PAS DEUX FOIS !!

BAYREN T'A BIEN FORMÉ !
JE T'INTERDIS ...
DE PRONONCER SON NOM !!
FUIT
CLANG
CLANG

카
카
CRIII
깡
RAAH!
쿵
PAF
VSH
억

TCHAC

JE
L'AI EU
!

BON SANG !
SOIS PLUS VIGILANT !!

TON JUGEMENT EST OBSCURCI PAR TA SOIF DE VEN-GEANCE ! C'EST PATHÉTIQUE !!
COMMENT ÇA...

PATHÉTIQUE ?
TU RE-MARQUES ENFIN ?

C'EST L'ODEUR DE LA MORT !

SPLASH
SPLASH
BRR... ON SE LES GÈLE...
VOUS ÊTES SÛRS QU'ON EST AU BON ENDROIT ?!
C'EST ICI QUE LES ÉQUIPES DE PATROUILLE SONT CEN-SÉES SE RELEVER...

ILS ONT PEUT-ÊTRE ÉTÉ RETARDÉS !
RENTRONS, CHEF ! J'AI UN MAUVAIS PRES-SENTIMENT...
PAS QUESTION ! NOUS ALLONS PATROUILLER COMME PRÉVU !!
JE PRÉFÈRE RESTER EN VIE !
MOI NON PLUS, JE N'AI AUCUNE ENVIE DE MOURIR ICI !
MAIS QUELLE BANDE DE LÂCHES ! VOUS NE SEREZ JAMAIS OFFI-CIERS, C'EST MOI QUI VOUS LE DIS !
QUOI ?! RÉPÈTE UN PEU, SALE MORVEUX !!
TU NOUS INSULTES ALORS QU'ON A EU LA BONTÉ DE T'ACCEPTER DANS NOS RANGS ?!

CE QU'IL NE FAUT PAS ENTENDRE !
VOUS M'AVEZ PRIS PARCE QUE PERSONNE NE VOULAIT S'ENGAGER DANS L'ARMÉE DE LA DERNIÈRE CHANCE !
EN VOILÀ ASSEZ ! TU MÉRITES UNE BONNE LEÇON !!
NE ME SOUS-ESTIMEZ PAS ! JE SUIS UN DESCENDANT DE LA LÉGENDAIRE TRIBU DE RASSID !
VOILÀ LA PATROUILLE !!
쏴 아 아 아 아

M... MAIS C'EST UNE GAMINE !

QUE FAIT-ELLE EN PLEINE NUIT DANS LE DÉSERT ?
VOUS AVEZ VU ? SES CHEVEUX SONT BLONDS !
OÙ EST TA MAISON, PETITE ?
PERSONNE N'HABITE DANS LE DÉSERT, CRÉTIN !!
TU ME CHERCHES, OU QUOI ?!

WARLORD

Editions Ki-oon
www.ki-oon.com
© Kyoichi Nanatsuki, Night Owl / SQUARE ENIX CO., LTD.
THE ARMS PEDDLER 1
THE ARMS PEDDLER 2
THE ARMS PEDDLER
SOMBRE, VÉNÉNEUX, APOCALYPTIQUE,
LE DIGNE HÉRITIER D'*ÜBEL BLATT* PORTE LA
DARK FANTASY À DE NOUVEAUX SOMMETS !

7 IMPOSTEURS, 7 CIBLES
POUR UNE VENGEANCE IMPLACABLE...
ユーベルブラット
Übel Blatt
© ETOROUJI SHIONO / SQUARE ENIX
Editions
Ki-oon
www.ki-oon.com

FRONT MISSION DOG LIFE & DOG STYLE

UNE GUERRE PROPRE, ÇA N'EXISTE PAS...

Maruhan the Mercenary, vol. 3

First published in Korea in 2012 by Daewon C.I. Inc.
French translation rights arranged by Daewon C.I. Inc.
through Topaz Agency Inc.

Édition française

Traduction :
Kette Amoruso

Adaptation graphique :
Clair Obscur

ISBN : 978-2-35592-551-1
Dépôt légal : juillet 2013
Achevé d'imprimer en France par CPI Aubin Imprimeur